श्वास के छन्द

गीत-नवगीत संग्रह

डॉ. अमिताभ त्रिपाठी 'अमित'

अंजुमन प्रकाशन

अंजुमन प्रकाशन

942, आर्य कन्या चौराहा, मुट्ठीगंज

प्रयागराज - 211003 उत्तर प्रदेश, भारत

website - www.anjumanpublication.com

E-mail - anjumanprakashan@gmail.com

मूल्य भारत में ₹ 200.00

प्रथम संस्करण, पेपरबैक, अंजुमन प्रकाशन द्वारा 2019 में प्रकाशित

आवरण व टाइपसेटिंग - अंजुमन प्रकाशन, प्रयागराज

भारत में मुद्रित

ISBN : 978-93-88556-51-4

आमुख

जीवन-पथ श्वासों का एक विस्तीर्ण छंद है। विभिन्न गतियों, यतियों, लयों, आरोहों और अवरोहों से चलता यह सतत छंद जीवनानुभवों को उनके कालक्रम के अनुसार स्वयं में समाहित करता चलता है। कुछ छन्दों को हम ध्यान से सुन पाते हैं, कुछ पर मनन कर पाते हैं, कुछ को शब्दों में रूपायित कर पाते हैं और कुछ छंद कार्यों में परिणत हो जाते हैं; कुछ छंद अनजाने ही नष्ट हो जाते हैं।

प्रस्तुत संकलन मेरी उन श्वासों के छंद हैं जिन्हें मैंने सचेतावस्था में लिया है। श्वासों के साथ जिन शब्दों को जिस रूप में सुन पाया हूँ उसी रूप में लिखने का प्रयत्न किया है; कितना सफल हुआ हूँ, नहीं जानता।

इस संग्रह में मेरे प्रतिनिधि-गीत एवं नवगीत सम्मिलित हैं। मेरी जीवन-यात्रा के विविध आयाम हैं इन गीतों में। नवगीतों में समाज को जैसे अनुभव किया, उसकी व्यंजना हुई है। मेरी काव्ययात्रा में जिन लोगों का सहयोग रहा, उनका यहाँ उल्लेख करना आवश्यक समझता हूँ। सर्वप्रथम कविता के मर्म को समझने और उसके प्रति रुचि उत्पन्न करने के लिये अपनी माँ स्वर्गीय विमला देवी को स्मरण करूँगा। उनका शब्दज्ञान विशद था। यद्यपि उनकी शालेय शिक्षा सम्भवतः कक्षा दो या तीन तक थी, लेकिन स्वाध्याय इतना था कि इण्टर तक की कविताओं की व्याख्या हम उनसे पढ़ते थे। सोने से पहले किताब पढ़ने की आदत मुझे उन्हीं से मिली। शिक्षा के क्रम में त्योंथर रीवा (म.प्र.) के विद्यालय में पं. गिरीश विन्ध्यकोकिल जी का सान्निध्य मिला जो एक अच्छे और कोकिलकण्ठीय कवि हैं। उनके द्वारा प्रतिवर्ष कवि- सम्मलेन कराये जाते थे जिससे प्रेरित होकर हममें से कुछ छात्र भी तुकबंदी करने लगे थे। इस तरह मूर्त कविताओं का बीजारोपण वहीं हुआ। मेरे चाचा स्वर्गीय विश्वम्भर नाथ त्रिपाठी जी, जो स्वयं अँग्रेजी के व्याख्याता थे, की मेरे हिंदी साहित्यानुराग के प्रति स्नेह-दृष्टि थी। उनसे ज़िद करके मैं हिन्द पॉकेट बुक्स की घरेलू लाइब्रेरी योजना का सदस्य बना, जहाँ पहली बार प्रकाश पण्डित द्वारा सम्पादित रंगारंग शायरी के माध्यम से उर्दू कविताओं (ग़ज़लों, नज्मों) से मेरा परिचय हुआ। जब थोड़ा-बहुत लिखने लगा तब जौनपुर में एम. एस-सी. की शिक्षा प्राप्त करने के दौरान डॉ0 हरि प्रसाद त्रिपाठी 'किसलय' जी से भेंट हुई। डॉ0 त्रिपाठी मेरे लिए गुरुवत् और

अग्रजवत् दोनों हैं। उनके प्रोत्साहन और सुझावों/सुधारों के कारण मैं कुछ अच्छी रचनाएँ करने लगा। मुझे 'अमित' उपनाम से लिखने के लिये उन्होंने ही आदेशित किया और वे हमेशा मुझे इसी नाम से सम्बोधित करते रहे हैं। जौनपुर में ही मुझे उस समय दो स्तम्भों, पं. रूप नारायण त्रिपाठी जी एवं डॉ. श्री पाल सिंह 'क्षेम' जी का आशीर्वाद प्राप्त करने का अवसर मिला। फिर जौनपुर के अन्य वरिष्ठ और समवयस्क कवि मित्र मिले, जिनमें श्री वीरसेन सिंह, स्वर्गीय हरिशंकर यादव 'दर्द' और साहित्यानुरागी राधेश्याम पाण्डेय जी प्रमुख हैं। स्वर्गीय नन्दल हितैषी जी से वहीं सम्पर्क हुआ जो प्रयागराज आने के बाद और प्रगाढ़ हो गया। प्रयागराज में उनके ही माध्यम से अन्य साहित्यिकों जिनमें श्री रविनंदन सिंह जी प्रमुख हैं, से भी परिचय हुआ। मेरी काव्य-यात्रा में इण्टरनेट का भी बड़ा योगदान रहा, जिसके माध्यम से देश-विदेश के अनेक कविताधर्मियों से परिचय हुआ। याहू समूह ई-कविता के संचालक श्री अनूप भार्गव एवं अनुभूति-अभिव्यक्ति नामक अंतर्जाल पत्रिका की श्रीमति पूर्णिमा वर्मन जी इनमें प्रमुख हैं। कुछ रचनाएँ हो जाने के बाद संग्रह की इच्छा प्रायः हो ही जाती है, लेकिन कुछ मेरे संकोच ने और उससे अधिक मेरे आलस्य ने इसमें विलम्ब किया। प्रकाशक वीनस जी निराश हो गये और एक बार का छपा हुआ कवर पृष्ठ भी नष्ट हो गया; लेकिन पूरी तरह हिम्मत नहीं हारे। हाँ, यह शर्त रख दी कि जब आपकी पाण्डुलिपि अंतिम रूप से पूर्ण हो जाये तभी कवर भी छापूँगा। संग्रह आपके हाथ में है तो इसमें उनके संकल्प का भी योगदान है। संग्रह का प्रथम ड्राफ्ट तैयार करने में जिन मित्रों का सहयोग रहा उनके प्रति भी आभारी हूँ।

मेरी काव्ययात्रा में जो परिजन एवं इष्टमित्र सहयोगी या सहभागी रहे हैं इस अवसर पर सभी के प्रति कृतज्ञता ज्ञापित करता हूँ।

अपनी रचनाओं के बारे में इतना ही कहूँगा कि चिंतन में केंद्र से वाम विचारधारा का अनुसरण करते हुए भी मैंने रचनाओं को विचारधारा-निरपेक्ष रखने का प्रयत्न किया है। जिस मनःस्थिति में जो विचार या भावनाएँ उठीं वही रचनाओं में ढल गयीं। मैं सायास वैचारिक चिंतन को कविताओं में आरोपित करने का पक्षपाती नहीं हूँ; जो सहज और स्वाभाविक है वही मेरी रचना में आया है। संवेदना को घटाने-बढ़ाने का उद्योग सचेतन मन से कहीं नहीं हुआ है। कहीं-कहीं तत्सम शब्द यदि अधिक प्रयुक्त हुए हैं तो वे भी सहज रूप से ही आये हैं, किसी विशेष उपक्रम या उद्योग से नहीं। आरम्भ में पारम्परिक गीत हैं, फिर

नवगीत हैं और ऐसे भी गीत, जो गीत-नवगीत की अस्पष्ट-सी सीमा पर हैं। अंततः जैसा भी है यह संग्रह आपके समक्ष है।

आवरण चित्र मेरे अनुरोध पर प्रसिद्ध चित्रकार, रंगकर्मी, कवि एवं पत्रकार श्री अजामिल व्यास जी ने तैयार किया है। इसके लिए मैं उनका हृदय से आभारी हूँ।

अमिताभ त्रिपाठी 'अमित'

अनुक्रम

गुरु-वन्दना

गुरु तुम सम न कोई उपकारी
द्वार तुम्हारे आकर पायी
मैंने सम्पति सारी
गुरु तुम बिन न कोई उपकारी

बुद्धि-विवेक विहीन फिरा मैं
तृष्णा से सब ओर घिरा मैं
हे करुणामय! तृप्त हुआ मैं
पाकर कृपा तुम्हारी
गुरु तुम बिन न कोई उपकारी

घोर निशा में दिशाहीन से
जल से बिछुड़ी हुई मीन से
भय-व्याकुल मन को चरणों की
धूलि हुई भयहारी
गुरु तुम बिन न कोई उपकारी

जब हो आर्त पुकारा मैंने
पाया सदा सहारा मैंने
श्रेय दिया प्रभु तुमने मुझको
प्रेय दिया हितकारी
गुरु तुम बिन न कोई उपकारी

तुम मुझको उद्दीपन दे दो...

तुम मुझको उद्दीपन दे दो
गीतों का उपवन दे दूँगा
थोड़ा-सा अपनापन दे दो
मैं सारा जीवन दे दूँगा।

मेरा तुमको कुछ दे देना
जग प्रचलित व्यापार नहीं है
और अपेक्षा रखना तुमसे
बदले का व्यवहार नहीं है
जैसे यदि आराधन दे दो
श्रद्धासिक्त सुमन दे दूँगा।
तुम मुझको उद्दीपन दे दो ...

दुस्साहस भी कर सकता हूँ
यदि तुम सम्बल देती जाओ
श्रम-सीकर से भय ही कैसा
यदि तुम सँग-सँग चलती जाओ
सच कह दूँ संकेत मात्र पर
तारों भरा गगन दे दूँगा।
तुम मुझको उद्दीपन दे दो ...

कमल कपूर भाँति उर मेरा
कोमल और अग्नि शंकित है
जिस पर काला-सा अतीत और
धुँधला-सा भविष्य अंकित है
यदि इसका अभिसार कर सको
युग-प्रवाह नूतन दे दूँगा।
तुम मुझको उद्दीपन दे दो ...

पथ जीवन का पथरीला भी...

पथ जीवन का पथरीला भी, सुरभित भी और सुरीला भी।
गड्ढे, काँटे और ठोकर भी, है दृश्य कहीं चमकीला भी।
पथ जीवन का पथरीला भी ...

पथ के अवरोध हटाने में कुछ हार गये कुछ जीत गये,
चलते-चलते दिन माह वर्ष सदियाँ बीतीं युग बीत गये,
फिर भी यह अगम पहेली-सा रोमांचक और नशीला भी।
पथ जीवन का पथरीला भी ...

चलना उसको भी पड़ता है चाहे वह निपट अनाड़ी हो,
चक्कर वह भी खा जाता है चाहे वह कुशल खिलाड़ी हो,
सँकरी हैं गलियाँ, मोड़ तीव्र है पंथ कहीं रपटीला भी।
पथ जीवन का पथरीला भी ...

जादूगर, जादूगरी भूल जाते हैं इसके घेरे में,
बनते-मिटते हैं बिम्ब कई इस व्यापक घने अँधेरे में,
रंगों का अद्भुत मेल कि कोई खेल लगे सपनीला भी।
पथ जीवन का पथरीला भी ...

कौतूहल हैं मन में अनेक उठते हैं संशय एक-एक,
हम एक गाँठ खोलते कहीं गुत्थियाँ उलझ जातीं अनेक,
निर्माता इसका कुशल बहुत पर उतना ही शर्मीला भी

रात देखो जा रही है

भय कहीं विश्राम लेने जा रहा है
भोर का तारा नज़र बस आ रहा है
और अब पहली किरन मुस्का रही है
रात देखो जा रही है।

फड़फड़ाये पंख पीपल के
कि पत्ते पक्षियों के
झुण्ड वापस जा रहे हैं
नगर के उपरक्षियों के
ठण्ड से सिकुड़ी हवा
मानो पुनः गति पा रही है।
रात देखो जा रही है।

मौन था अभिसार फिर भी
मुखर है अभिव्यक्ति उसकी
जागरण के चिह्न आँखों में
लटें हैं मुक्त जिसकी
भींचती रसबिम्ब
आँगन पार करती आ रही है।
रात देखो जा रही है।

यंत्रचालित से उठे हैं हाथ
यह क्या! पार्श्व खाली
कहा दर्पण ने मिटा लो
वक्ष से सिन्दूर लाली
रात्रि के मधुपान की
स्मृति हृदय सहला रही है।
रात देखो जा रही है।

फिर उड़ेला चिमनियों ने
ज़हर-सा वातावरण में
हुआ कोलाहल चतुर्दिक
उठो, भागो चलो रण में
स्वप्न-समिधा,
जीविका की वेदिका सुलगा रही है।
रात देखो जा रही है।

कैसी हवा चली उपवन में

कैसी हवा चली उपवन में सहसा कली-कली मुरझायी।
ईश्वर ने निःश्वास किया या विषधर ने ले ली जमुहाई।
कैसी हवा चली उपवन में ...

साँझ ढले पनघट के रस्ते मिली हुई क्या बात न जाने,
सिर का घड़ा गिरा धरती पर, हँसने का आवेग न माने,
हँसते-हँसते आँसू छलके, गालों का रक्तिम हो जाना,
मद्यसिक्त स्वर में धीरे-से 'धत्' कहके आगे बढ़ जाना,
स्वप्न नहीं सच था परन्तु अब बात हो गयी सुनी- सुनायी।
कैसी हवा चली उपवन में ....

कुछ प्रसंग जीवन में आये बनकर याद अतीत हो गये
परिचय गाढ़ा हुआ किसी से आगे चलकर मीत हो गये
मीत प्रीति के आलिंगन में वर्षा ऋतु का गीत हो गया,
पत्थर-पत्थर नाम हमारा गढ़वाली संगीत हो गया,
किन्तु दीप को लौ देकर फिर बाती उसने नहीं बढ़ायी।
कैसी हवा चली उपवन में ....

राह तके जीवन भर जिनका वे क्षण मिले उधार हो गये,
देहरी से आँगन तक में ही सावन के घन क्वार हो गये,
जब-जब नीड़ बनाये हमने झंझा को उपहार हो गये,
मेरे काँच-खिलौने मन पर ऐसे विषम प्रहार हो गये,
भोर हुई अपने ही घर में किन्तु साँझ हो गयी परायी।
कैसी हवा चली उपवन में ...

स्मृति के वे चिह्न

स्मृति के वे चिह्न उभरते हैं, कुछ उजले कुछ धुँधले-धुँधले।
जीवन के बीते क्षण भी अब कुछ लगते हैं बदले-बदले।

जीवन की तो अबाध गति है, है इसमें अर्द्धविराम कहाँ
हारा और थका निरीह जीव ले सके तनिक विश्राम जहाँ
लगता है पूर्ण विराम किन्तु शाश्वत गति है वो आत्मा की
ज्यों लहर उठी और शान्त हुई हम आज चले कुछ चल
निकले।
स्मृति के वे चिह्न उभरते हैं ...

छिपते भोरहरी तारे का, सन्ध्या गें दीप सहारे का
फिर चित्र खींच लाया है मन सरिता के शान्त किनारे का
थी मनःक्षितिज में डूब रही आवेगोत्पीड़ित उर नौका
मोहक आँखों का जाल लिये आये जब तुम पहले-पहले।
स्मृति के वे चिह्न उभरते हैं ...

मन की अतृप्त इच्छाओं में, यौवन की अभिलाषाओं में
हम नीड़ बनाते फिरते थे तारों में और उल्काओं में
फिर आँधी एक चली ऐसी प्रासाद हृदय का छिन्न हुआ
अब उस अतीत के खँडहर में, फिरते हैं हम पगले-पगले।
स्मृति के वे चिह्न उभरते हैं ...

प्रीति अगर अवसर देती

प्रीति अगर अवसर देती तो हमने भाग्य सँवारा होता।
कमल दलों का मोह न करते आज प्रभात हमारा होता।

नीर-क्षीर दोनों मिल बैठे बहुत कठिन पहचान हो गयी,
किन्तु नीर नें नाम खो दिया और क्षीर की शान खो गयी,
काश! कभी प्रेमी हृदयों को विधि ने दिया सहारा होता।
प्रीति अगर ...

सिन्धु-मिलन के लिये नदी ने क्या-क्या बाधाएँ तोड़ी थीं,
जलधि-अंक में मिल जाने की क्या-क्या आशाएँ जोड़ी थीं,
नदी सिन्धु से प्रीति न करती क्यों उसका जल खारा होता।
प्रीति अगर ...

अनजाने अनुबन्ध हो गये, होने लगे पराये अपने,
श्यामाम्बर पर रजत कल्पना खींचा करती निशिदिन सपने,
मीत तुम्हें जाना ही था तो पहले किया इशारा होता।
प्रीति अगर ...

जब जीवन की साँझ ढले

जब जीवन की साँझ ढले तुम दीप जलाने आ जाना।
कुछ प्रभात कुछ दोपहरी की याद दिलाने आ जाना।

कंचन-कंचन घूम रहीं तुम मैं चन्दन-चन्दन फिरता
मैंने तो संतोष कर लिया तुमको ठाँव नहीं मिलता
जब मृगतृष्णा का भ्रम टूटे प्यास बुझाने आ जाना
जब जीवन की साँझ ढले ...

चढ़ा हुआ सौन्दर्य तुम्हारा मेरी साँसें घुटी-घुटी
तुमने धरा छोड़ दी कब की चाल मेरी घिसटी-घिसटी
यौवन-पवन शिथिल हो जाये मन बहलाने आ जाना
जब जीवन की साँझ ढले ...

लघु को विस्तृत कर देते जो कुछ प्रबुद्ध ऐसे भी हैं
रस पीकर अदृश्य हो जाते रसिक शुद्ध ऐसे भी हैं
जब मेरा मूल्यांकन कर लो अंक बताने आ जाना
जब जीवन की साँझ ढले ...

अपने-अपने अंधकार में जीते हैं

अपने दोष दूसरों के सिर पर मढ़कर
रोज घूँट-दो-घूँट दम्भ के पीते हैं।
ज्योति-पुंज के चिह्न टाँगकर दरवाजों पर
अपने-अपने अंधकार में जीते हैं।

प्रायः तन को ढकने में असमर्थ हुई,
कब की जर्जर हुई या कहें व्यर्थ हुई,
किन्तु मोह के आगे हम ऐसे हारे
रोज उसी चादर को बुनते-सीते हैं।
अपने-अपने अन्धकार में जीते हैं।

जीवन एक पहेली है सबके आगे,
परिभाषाओं मे भी उग आते धागे,
निज मत की अनुशंसा में हैं व्यस्त सभी
सबके अपने साधन और सुभीते हैं।
अपने-अपने अन्धकार में जीते हैं।

महाबली भी यहाँ काल से छले गये,
विश्वविजय आकांक्षी कितने चले गये
किन्तु आज भी रक्त, रक्त का प्यासा है,
शायद हम अनुभव के फल से रीते हैं
अपने-अपने अन्धकार में जीते हैं।

प्रवृत्तियाँ शिक्षा देतीं निर्लोभन की
जोंक बताती बात रक्त के अवगुन की
असमंजस में निर्विकार हो बैठे ज्यों
गीता के उपदेश हमी पर बीते हैं।
अपने-अपने अन्धकार में जीते हैं।

एक भूल ऐसी ...

एक भूल ऐसी जो मेरे जीवन का शृँगार हो गयी।
भव-जलनिधि में भटकी नौका एक लहर से पार हो गयी

संचित पुण्य युगों का जैसे स्वयं मुझे फल देने आया
आतप-दग्ध पथिक पर जैसे कोई बदली कर दे छाया
मेरे मानस की रचना ज्यों मूर्तिमान साकार हो गयी
एक भूल ऐसी ...

विधना के विधान अनजाने, उसका लिखा कौन पहचाने
कब अदृश्य बन्धन में कैसे, पूर्ण-अपरिचित बँधे अजाने
अपनी अनुकृति अन्य हृदय में अपना ही विस्तार हो गयी
एक भूल ऐसी ...

कभी स्वप्नवत लगी जुन्हाई, कभी चन्द्र की जल-परछायी
देख रहा हूँ विस्मय से ज्यों भिक्षुक ने पारस-मणि पायी
पावस ऋतु की तृषित सीप पर स्वाती की बौछार हो गयी
एक भूल ऐसी ....

एक जीवन जी गया ...

एक जीवन जी गया मैं भी तुम्हारे साथ देखो,
मुदित मन मधु पी गया मैं भी तुम्हारे साथ देखो।

थीं बहुत-सी वर्जनाएँ सजग करती-सी कथाएँ,
किन्तु हर प्रतिबन्ध पर विजयी हुई थीं भावनाएँ,
लोक की उन रीतियों का, कुछ पुरातन नीतियों का
अतिक्रमण कर ही गया मैं भी तुम्हारे साथ देखो।
एक जीवन जी गया ...

जब असंगत संधियों में छिपा इक अनुताप-सा है
हृदयपथ का अनुसरण फिर क्यों जगत में पाप-सा है
किन्तु जग-संवेदना पर, दबाकर निज वेदना को
होंठ अपने सी गया मैं भी तुम्हारे साथ देखो
एक जीवन जी गया ...

समय क्या कर भी सकेगा हृदय के अनुबंध ढीले
गरल पीने की कथा कहते रहेंगे कण्ठ नीले
किन्तु आकुल निलय से फिर आस की लघु दीपिका में
जला इक बाती गया मैं भी तुम्हारे साथ देखो
एक जीवन जी गया ...

मैं बीता कल हुआ तुम्हारा

यद्यपि मैंने जीवन हारा
मैं बीता कल हुआ तुम्हारा

घिरती हैं सुरमई घटाएँ
संध्या के कंधों पर फिर से
सरक गया आशा का सूरज
आशंकाओं भरे क्षितिज से
पूछ रहा अपने जीवन से
क्या इच्छित था यही किनारा?
मैं बीता कल हुआ तुम्हारा

मिला अयाचित जो धन उसके
रक्षण में सब शक्ति लगा दी
किन्तु चंचला ने यत्नों पर
मेरे, निज तूलिका चला दी
खड़ा अकिंचन सोच रहा हूँ
कहाँ गया संसार हमारा
मैं बीता कल हुआ तुम्हारा

छलना के दुर्धर्ष पाश में
बद्ध हो गया मन कुछ ऐसे
स्वत्व भूलकर मायाजल में
कूद गया मृगशावक जैसे
है विस्तृत मरुभूमि चतुर्दिक
घिरा चेतना पर अँधियारा
मैं बीता कल हुआ तुम्हारा

आत्मवंचना के इस पथ पर
हो न जगत मेरा अनुगामी
यद्यपि मेरी सीख व्यर्थ है
मैं ही रहा न अपना स्वामी
जीवन था अनमोल किन्तु
गिर गया भूमि पर जैसे पारा
मैं बीता कल हुआ तुम्हारा

निद्रित नहीं, उनींदा-सा हूँ

निद्रित नहीं उनींदा-सा हूँ
स्नात नहीं पर भीगा-सा हूँ

जग की विषम व्यथाएँ कितनी
निज की पीर-कथायें कितनी
उलझी मनोदशा से अपनी
त्रस्त नहीं पर खीझा-सा हूँ

यह विस्तृत आयोजन क्या है
मेरा यहाँ प्रयोजन क्या है
जीवन एक समस्या अनगिन
अशक्यता में तीखा-सा हूँ।

विडम्बनाओं की है गठरी
यंत्र-प्रचालित लगती ठठरी
व्यर्थ क्रियाओं के संकुल में
नट-क्रीड़ा को जीता-सा हूँ।

क्या कर लूँ क्या हो जाऊँ मैं
तुष्ट सभी को कर पाऊँ मैं
पँसगें में जीवन है अपना
वक्र जगत में सीधा-सा हूँ।

आशाओं का पुनर्वास कर
घोर अँधेरे में प्रयास कर
बढ़ता हूँ टटोलकर पथ को
मन्द नहीं पर फीका-सा हूँ।

यदि तुम्हें मैं भूल पाता

यदि तुम्हें मैं भूल पाता,
जगत के सारे सुखों को
स्वयं के अनुकूल पाता
यदि तुम्हें मैं भूल पाता।

भूल पाता मैं तुम्हारी
साँस की पुरवाइयों को,
कुन्तलों में घने श्यामल
मेघ की परछाइयों को,
भटकता हूँ शिखर से लेकर
अतल गहराइयों तक,
खोजता हूँ कहीं अपनी
चेतना का कूल पाता
यदि तुम्हें मैं भूल पाता।

चित्र जैसे खिंचे हैं हृद्-पटल पर
वे घड़ी-पल-छिन,
साथ रहती स्वर लहरियों की
मधुर गुंजार निशिदिन,
याद आती मिलन की अनुगन्ध
भूषण से, वसन से,
सोचता है मन पुनः
तरु-वल्लरी सा झूल पाता
यदि तुम्हें मैं भूल पाता।

कभी चल-दर्पण-सदृश मन पर
न कोई बिम्ब ठहरे,
नित नये सन्देह-भय-संशय
रहें हर ओर बिखरे,
कभी कितनी विघ्न-बाधाएँ
बदलकर रूप आतीं,
विकल-अन्तर कहीं अपनी
वेदना का मूल पाता
यदि तुम्हें मैं भूल पाता।

रहस्यांकित हैं नियति की
लेखनी के चित्र सारे,
लिखा क्या प्रारब्ध में होनी
लगाये किस किनारे।
जगत का प्रतिभास मन की
देहरी को लाँधता है,
बहुत गहरा चुभ गया जो
यदि निकल वह शूल पाता
यदि तुम्हें मैं भूल पाता।

जन्मदिन किसका मनाऊँ

मैं अजन्मा
जन्मदिन किसका मनाऊँ?

पंचभूतों के विरल संघात का?
क्षरित क्षण-क्षण हो रहे जलजात का?
दो दिनों के ठाट मृण्मय गात का
या जगत की वासना सहजात का?
किसे निज-अस्तित्व का
स्यन्दन बनाऊँ
मैं अजन्मा
जन्मदिन किसका मनाऊँ

किये होंगे जगत के अनगिनत फेरे
मिले होंगे वास के लाखों बसेरे
हैं कहाँ वो पूर्व के अवशेष मेरे।
सर्वग्रासी हैं अदृश-पथ के अँधेरे
समय के किस बिन्दु पर
टीका लगाऊँ
मैं अजन्मा
जन्मदिन किसका मनाऊँ!

नित्य श्लथ होते हुए इस आवरण को
देखता हूँ शिथिल होते आचरण को
खोजता हूँ लुप्त से अन्तःकरण को
कहाँ पहुँचा! खोजता अपनी शरण को
क्या अभीप्सित है
भ्रमित हूँ क्या बताऊँ
मैं अजन्मा
जन्मदिन किसका मनाऊँ!

सुधियों की कुछ गठरी खोलें...

यायावर के फेरों जैसा है यह जीवन बारहमासी
सुधियों की कुछ गठरी खोलें जब भी मन पर छाये उदासी

नानी की मुस्कान पोपली, माँ की झुँझलायी-सी बोली
भैया का तीखा अनुशासन औ बहनों की हँसी-ठिठोली
दादी की पूजा-डलिया से जब की थी प्रसाद की चोरी
हुई पितामह के आगे सब पापाजी की अकड़ हवा-सी
सुधियों की कुछ गठरी खोलें जब भी मन पर छाये उदासी

पट्टी-कलम-दवातों के दिन, शाला के भोले सहपाठी
कानों में गुंजित है अब भी, लउआ-लाठी चन्दन-काठी
झगड़े-कुट्टी-मिल्ली करना, गुरुजन के भय से चुप रहना
विद्या की कसमें खा लेना बात-बात पर ज़रा-ज़रा सी
सुधियों की कुछ गठरी खोलें जब भी मन पर छाये उदासी

गरमी की लम्बी दोपहरें, बाहर जाने पर भी पहरे
सोने के निर्देश सख़्त पर, कहाँ नींद आँखों में ठहरे
ढली दोपहर आइस-पाइस, गिल्ली-डण्डा, लँगड़ी-बिच्छी
खेल-खेल में बीत गया दिन आयी संध्या लिये उबासी
सुधियों की कुछ गठरी खोलें जब भी मन पर छाये उदासी

पंख लगाकर कहाँ उड़ गये मादक दिवस नशीली रातें
अम्बर-पट के ताराओं से करते प्रिय-प्रियतम की बातें
स्वप्न-यथार्थ-बोध की उलझन, सुलझ न पायी जब यत्नों से
घर की छाँव छोड़ जाने कब, मन अनजाने हुआ प्रवासी
सुधियों की कुछ गठरी खोलें जब भी मन पर छाये उदासी

तुम कहो तो...

आज कर दूँ स्वयं अपने हाथ से श्रृंगार सारा,
तुम कहो तो...
वेणियों में गूँथ दूँ सुरलोक की नीहारिकाएँ,
माँग-बेदी में सजा दूँ कलानिधि की सब कलाएँ,
और माथे पर लगा दूँ भोर का पहला सितारा,
तुम कहो तो...

पुष्पधन्वा का बना दूँ चाप इस भ्रू-भंगिमा को,
करूँ उद्दीपित दृगों में स्वप्नदर्शी लालिमा को,
और पलकों पर सजा दूँ कल्पना का भुवन सारा,
तुम कहो तो...
बाल-रवि की अरुणिमा लाकर कपोलों पर लगा दूँ,
रक्त-पाटल-पत्र को रसबिम्ब का लेपन बना दूँ,
चिबुक पर अंकित करूँ रतिनाथ का लघु-बिन्दु प्यारा,
तुम कहो तो...

गले डालूँ दिव्य-मुक्ताहार ये नक्षत्र-तारे,
मलय-चन्दन-चित्र खींचूँ रूप-शिखरों पर तुम्हारे,
मोगरे की सघन लड़ियों को करूँ कंचुक तुम्हारा,
तुम कहो तो...

बाँध दूँ कटिसूत्र में संसार के शुभ-रत्न सारे,
और नीवी-बन्ध को नक्षत्र-पति आकर सँवारे,
शाटिका के लिये लाऊँ झिलमिलाती सुवसुधारा,
तुम कहो तो...

स्वर्ण-नूपुर से सजा दूँ तप्त-कांचन-सा सुगढ़ तन,
दीप्त-मणियों से बनाऊँ कुण्डल औऽ केयूर-कंगन,
रक्त-किसलय के सुरस से फिर महावर दूँ तुम्हारा,
तुम कहो तो...
मुग्ध होकर फिर निहारूँ स्वयं ही अपनी कला को,
ईर्ष्या से दग्ध देखूँ क्षीरशयिनी चंचला को,
सोचता हूँ कहीं मोहित हो न जाये सृजनहारा,
आज कर दूँ स्वयं अपने हाथ से शृँगार सारा
तुम कहो तो...

कब किसी ने प्यार चाहा

कब किसी ने प्यार चाहा
आवरण में प्यार के
बस देह का व्यापार चाहा

प्रेम अपने ही स्वरस की चाशनी में रींधता है
शूल कोई मर्म को मीठी चुभन से बींधता है
है किसे अवकाश इसकी सूक्ष्मताओं को निबाहे
लोक ने तत्काल विनिमय
का सुगम उपहार चाहा
कब किसी ने प्यार चाहा

प्रेम अपने प्रेगभाजन में सभी सुख ढूँढ़ता है
प्रीति का अनुबंध अनहद नाद जैसा गूँजता है
है किसे अब धैर्य जो सन्तोष का देखे सहारा
लोक ने लघुकामना हित भी
नया विस्तार चाहा।
कब किसी ने प्यार चाहा

प्रेम के मधु के लिये कुछ पात्र होते हैं अनोखे
गहन तल जो रहे अविचल छिद्र के भी नहीं धोखे
कागज़ी प्याले कहाँ तक इस तरल का भार ढोते
इसलिए परिवर्तनों का
सरल-सा उपचार चाहा।
कब किसी ने प्यार चाहा

शुद्धता मन की हृदय की और तन की माँगता है
हाँ परस्पर वेदनाओं को स्वयं अनुमानता है
किन्तु इस स्वच्छन्द युग की रीतियाँ ही हैं निराली
प्रेम में उन्मुक्त विचरण का
अगम अधिकार चाहा
कब किसी ने प्यार चाहा।

हाँ ऐसा भी हो सकता है

एक बूँद गहरा पानी भी
सौ जलयान डुबो सकता है
हाँ ऐसा भी हो सकता है

पीड़ा की अनछुई तरंगें
जब मानस-तट से टकरातीं
कुछ फेनिल टीसें बिखराकर
आस-रेणु भी सँग ले जातीं
इस तरंग-क्रीड़ा से मन को
बहला तो लेता हूँ फिर भी
धैर्य-पयोनिधि का इक आँसू
सौ बड़वानल बो सकता है
हाँ ऐसा भी हो सकता है

तथाकथित प्रेमों में उलझी
देखी देह-कथाएँ कितनी
क्षण-उत्साही त्वरित वेग की
चमकीली उल्काएँ कितनी
पोर-पोर रससिक्त दिखा है
किन्तु कलश रीता है फिर भी
सत्य-स्नेह का दावानल तो
चित्ताकाश बिलो सकता है
हाँ ऐसा भी हो सकता है

लक्ष्य, अलक्ष्य रहा जीवन भर
थकित पाँव पड़ गये फफोले
प्रत्याशा में हमने कितने
सुविज्ञात संबन्ध टटोले
मेघाच्छन्न अमा-रजनी में
किंचित शब्द दिखा दें रस्ता
किन्तु दिवस के कोलाहल में
राही प्रायः खो सकता है
हाँ ऐसा भी हो सकता है

फिर क्यों मन में संशय तेरे!

फिर क्यों मन में संशय तेरे!
जब-जब दीप जलाये तूने
दूर हुए हैं घने अँधेरे
फिर क्यों मन में संशय तेरे!

स्वयं शीघ्र धीरज खोता है
क्रोध कि ऐसा क्यों होता है
नियति नवाती शीश उसी को
जो सनिष्ठ इक टेक चले रे
फिर क्यों मन में संशय तेरे!

वीर पराजित हो सकते हैं
जय की आस नहीं तजते हैं
निष्प्रभ होकर डूबा सूरज
तेजवन्त हो उगा सवेरे
फिर क्यों मन में संशय तेरे!

जग में ऐसा कौन भला है
जिस पर समय न वक्र चला है
धवल-वर्ण हिमकर को भी तो
ग्रस लेते हैं तम के घेरे
फिर क्यों मन मे संशय तेरे!

मान झूठ अपमान झूठ है
जीवन का अभिमान झूठ है
जग-असत्य की प्रत्यंचा पर
सायक हैं माया के प्रेरे
फिर क्यों मन में संशय तेरे!

साँस-साँस चन्दन होती है

साँस-साँस चन्दन होती है, जब तुम होते हो
अँगनाई मधुबन होती है, जब तुम होते हो

जब प्रवास के बाद कभी तुम आते हो घर में
पुलकित-सा सौरभ का झोंका
लाते हो घर में
तुम्हें समीप देख कर बरबस अश्रु छलक जाते
आँखों में उमगन होती है
जब तुम होते हो

रोम-रोम अनुभूति तुम्हारे होने की होती
अधर-राग धुल जाता, बिंदिया भी
सुध-बुध खोती
संयम के तट-बंध टूटते विषम ज्वार-बल से
मन की तृषा अगन होती है
जब तुम होते हो

कितने प्रहर बीत जाते हैं काँधे सर रखकर
केश व्यवस्थित कर देते तुम
जो आते मुख पर
कितनी ही बातें होतीं निःशब्द तरंगों में
रजनी वृन्दावन होती है
जब तुम होते हो

आओ साथी जी लेते हैं

आओ साथी जी लेते हैं
विष हो या अमृत हो जीवन
सहज भाव से पी लेते हैं

सघन कण्टकों भरी डगर है
हर प्रवाह के साथ भँवर है
आगे हैं संकट अनेक, पर
पीछे हटना भी दुष्कर है।
विघ्नों के इन काँटों से ही
घाव हृदय के सी लेते हैं
आओ साथी जी लेते हैं

नियति हमारा सबकुछ लूटे
मन में बसा घरौंदा टूटे
जग विरुद्ध हो हमसे लेकिन
जो पकड़ा वो हाथ न छूटे
कठिन बहुत पर नहीं असम्भव
इतनी शपथ अभी लेते हैं
आओ साथी जी लेते हैं

श्वासों के अंतिम प्रवास तक
जलती-बुझती हुई आस तक
विलय-विसर्जन के क्षण कितने
पूर्णतृप्ति-अनबुझी प्यास तक
बड़वानल ही यदि यथेष्ट है
फिर हम राह वही लेते हैं
आओ साथी जी लेते हैं

तुम्हें कैसे बताऊँ...

तुम्हें कैसे बताऊँ
तुम मेरे मन के विवर में
विचरती रागिनी-सी हो
तुम्हें कैसे बताऊँ

प्रलय के बाद जब निर्जन भुवन में
लगे थे आदि मनु एकल यजन में
अप्रत्याशित तभी जैसे
मिली कामायनी-सी हो।
तुम्हें कैसे बताऊँ।

मधुर विश्रांति के कोमल पलों में
छुअन स्नेहिल छिपाये अंचलों में
गगन से उतरकर आयी हुई
मधुयामिनी सी हो
तुम्हें कैसे बताऊँ

झुलसता तन कभी अन्तःकरण भी
डगमगाता कभी जब आचरण भी
जगत के तप्त वन में तुम
शरद की चाँदनी-सी हो
तुम्हें कैसे बताऊँ

मुझे नैराश्य जब भी घेरता है
समय अनुकूल भी मुँह फेरता है
मरण के तुल्य पल में तुम
सहज संजीवनी-सी हो
तुम्हें कैसे बताऊँ।

यज्ञ पूरा हो चला है

यज्ञ पूरा हो चला है
एक आहुति और बाकी

प्रथम आहुति जब अहम् ने
स्वेच्छा से सिर झुकाया
ज्ञात था यद्यपि प्रयोजन
थी स्वयं सशरीर माया
अगम पथ पर बढ़ चला वह
चाल थी कैसी त्वरा की

दूसरी आहुति प्रणय के
पाश में आबद्ध होकर
बँध गया तन, मन समर्पित
हो गया वैराग्य खोकर
गगन-पथ पर उड़ चला वह
भुलाकर स्मृतियाँ धरा की

आख़िरी आहुति खड़ा है
प्राण थाली में सजाये
पुरश्चरणों की कथा में
शेष कुछ भी रह न जाये
किन्तु होगी शेष इक
अपकीर्ति आहुति निष्फला की

जग तू मुझे अकेला कर दे

जग तू मुझे अकेला कर दे।

इच्छा और अपेक्षाओं में
स्वार्थ परार्थ कामनाओं में
श्लिष्ट हुआ मन अकुलाता ज्यों
नौका वर्तुल धाराओं में
सूना कर दे मानस का तट
अब समाप्त यह मेला कर दे
जग तू मुझे अकेला कर दे।

सम्बन्धों के मोहजाल में
गुँथा हुआ अस्तित्व हमारा
चक्रवात में तृण-सा घूर्णित
खोज रहा है विरल किनारा
मन-मस्तक के संघर्षों का
दूर अनिष्ट झमेला कर दे
जग तू मुझे अकेला कर दे।

व्यक्ति कहाँ मिलते हैं
मिलतीं रूपाकार हुई तृष्णाएँ
टकराते विपरीत अभीप्सित
पैदा होती हैं उल्काएँ
तम की यह क्रीड़ा विनष्ट हो
उस प्रभात की वेला कर दे
जग तू मुझे अकेला कर दे।

पर्ण की सुधियाँ समेटे

पर्ण की सुधियाँ समेटे
शेष हैं प्रतिपर्ण केवल

कुछ लिखे थे लेख
जिनकी साक्षी हैं ये शिलाएँ
घिस गये हैं शब्द सारे
शेष हैं कुछ वर्ण केवल

कुछ स्वरों की गूँज से
गुंजित हुई थीं वीथिकाएँ
हो गये विगलित सभी स्वर
शेष शापित कर्ण केवल

किया सञ्चित गन्ध
जब थीं अर्थ की सम्भावनाएँ
गन्ध निंदित हो गयी है
शेष स्थापित स्वर्ण केवल

माँ तुम अपने साथ ले गयी

माँ तुम अपने साथ ले गयी
मेरा बचपन भी।

जब तक थीं तुम
मुझमें मेरा
शिशु भी जीवित था
वात्सल्य से सिंचित
मन का
बिरवा पुष्पित था
रंग-गंध से हीन हो गये
रोली-चन्दन भी।

झिड़की, डाँट-डपट
भी तुम थी
तुम थी रोषमयी
सहज स्नेह सलिला
भी तुम थी
तुम थी तोषमयी
सुधियाँ दुहराती हैं खट्टी-
मीठी अनबन भी।

मुझे कष्ट में देख
स्वयं का
दुःख तुम भूल गयी
कितने देवालय पूजे
घण्टों पर
झूल गयी
रोम-रोम ऋण से सिंचित है
उपकृत जीवन भी।

मनाने को तुम्हें कितनी
निशाएँ भोर तक लाया

मनाने को तुम्हें कितनी
निशाएँ भोर तक लाया
चुका धीरज नहीं
लेकिन
बिखरता जा रहा हूँ मैं

कोई संकेत-सा करतीं
सुनहरी ओस की बूँदें
क्षणिक सौंदर्य से मेरे
न बाँधो शेष उम्मीदें
बिखर जाते घरौंदे
नीड़ भी
लहरों, हवाओं से
महाजलयान भी डूबे
हुआ क्या कुछ
दिशाओं से
सुदुर्गम पंथ है
फिर भी
नहीं घबरा रहा हूँ मैं

 श्वास के छन्द / डॉ. अमिताभ त्रिपाठी 'अमित'

समय के पत्र पर कितने
लिखे हैं प्रश्न निष्ठा के
रहे दृढ़ किन्तु कितने जन
स्ववचनों की प्रतिष्ठा के
क्षणिक सम्मोहनों से
टूट जाती
लक्ष्मण रेखा
खिंची है स्वर्ण के
मृग पर
विषादों की बड़ी रेखा
प्रबल हैं खेल
होनी के
समझ-सा पा रहा हूँ मैं

चषक उथले हमेशा शीघ्र
भरते, रीत जाते हैं
गहन तल ही बिना छलके
हुए मधु रोक पाते हैं
कई बरतन बदलने से
क्षुधा क्या
तृप्त होती है!
छिपी-सी वासना ही
वंचना का
रूप लेती है
बहुत उलझे
सवालों के
सिरे सुलझा रहा हूँ मैं।
बिखरता जा रहा हूँ मैं।

ऊपर इठलाती हैं लहरें,
नीचे बैठा दुःख गहरा है

ऊपर
इठलाती हैं लहरें
नीचे बैठा दुःख गहरा है

जीवन बीता
रही अधूरी
किंतु प्रेम की
इक प्रत्याशा।
प्राणान्तक
पीड़ा में भी जो
रहती बनकर
मन की आशा।
खेद! वेदना
की चीखों पर
अंतःकरण हुआ बहरा है

शीशे के
रत्नों के आगे
हीरक मणियाँ
हुईं उपेक्षित
हुआ वहीं
छल अधिक, जहाँ पर
था असीम
विश्वास अपेक्षित
सच की सुई
ढूँढ़ना मुश्किल

झूठ-तृणों का जो पहरा है
गढ़ते हैं हम
रोज़ सुभीते से
नैतिकता की
परिभाषा
स्थितियाँ
परिवर्तित होते ही
जाती बदल
नयन की भाषा
ठगा गया वह
जो निष्ठावश
अपनी बातों पर ठहरा है

सपने टूटे

सपने टूटे
हरा-भरा सा,
जैसे कोई
पेड़ जल गया

बौर लटक आये थे
फल के बीज
पड़े थे
शाखाओं को लिये
तने भी, तने
खड़े थे
लावा-सा कुछ
गिरा
समूचा पेड़
गल गया

विश्वासों की लता
कट गयी अपनी
जड़ से
फूल-फूल हो गये
राह के, सब
कंकड़ से
माली को ही
सबसे प्यारा
फूल
छल गया

मूल्यवान थे और
कसौटी के
थे पक्के
मुँह बाये से पड़े
रह गये असली
सिक्के
खोटा सिक्का
चमकदार था
स्वयं
चल गया

धीरे-धीरे बढ़ा
गंध का लिये
भरोसा
चंदन-तरु को
था कितनी मेहनत
से रोपा
पर बबूल
झटपट ही
अपने आप
फल गया

सूरज को उगते देखा है।

तम की शिला तोड़कर मैंने
सूरज को उगते देखा है

इच्छा हो बलवती
लक्ष्य के प्रति निष्ठा भी
यदि अविचल हो
आता है गंतव्य
काल चाहे जितना प्रतिकूल
प्रबल हो
हिमगिरि से चलकर
नदीश में
सुरसरि को मिलते देखा है

दिशाहीन अम्बुधि-विशाल में
लेकर मात्र काष्ठ की
तरणी
मथ देती थीं जिसे तरंगें
कभी-कभी जैसे
लघु अरणी
एक पुर्तगाली को विस्तृत
सिन्धु पार करते देखा है

दो पग चलकर लौट गये
कुछ, कुछ रुक-रुक कर
चले भीत से
कुछ थककर रुक गये
राह में कुछ अचेत
हो गये शीत से
कुछ को प्राण लिये मुट्ठी में
शिखर-दम्भ हरते देखा है

दृढ़विश्वास फलित होते हैं
एक नहीं सौ बार
हुआ है
संशय की दो नौकाओं पर
कब कोई उस पार
हुआ है
दृढ़-विश्वास-मूर्ति मीरा को
विष पीकर हँसते देखा है

भादों की वह रात अँधेरी
सिन्धु बरसता था
अम्बर से
यमुना की उत्ताल तरंगें
होड़ लगाती थीं
जलधर से
एक मनुज द्वारा रविजा को
सहज पार करते देखा है

आकुल हो तुम बाँह पसारे

आकुल हो तुम बाँह पसारे
किन्तु देहरी पर रुक जाते
असमंजस में पाँव तुम्हारे

अवहेलना जगत की करता
है मन का व्याकरण निराला
किन्तु रीतियों की वेदी पर
जलते स्वप्न विहँसती ज्वाला
सब कुछ धुँधला-धुँधला दिखता
नयन-नीर की नदी किनारे
आकुल हो तुम बाँह पसारे

समझौतों में जीते-जीते
मरुथल होती हृद्-फुलवारी
मृदुजल का यदि स्रोत मिले तो
विस्मय करती दुनिया सारी
शुष्क काष्ठ पूजित होते हैं
काटे जाते हरे जवारे
आकुल हो तुम बाँह पसारे

पीड़ा, घुटन, असंतोषों को
हँसकर सह लेना वांछित है
मन के अविकल भाव प्रदर्शन
की प्रत्येक कला लांछित है
नियति बताकर चुप करने को
तत्पर हैं उपदेशक सारे
आकुल हो तुम बाँह पसारे

जड़ता का व्यामोह तोड़ना
प्रायः यहाँ असम्भव-सा है
लहूलुहान पंख हैं फिर भी
पिंजरों का अभिमान सुआ है
मुक्ति-कामना असह हुई तो
पहुँचा देती संसृति पारे
आकुल हो तुम बाँह पसारे

सोते जगते, जगते सोते बीती सारी रात

सोते जगते, जगते सोते
बीती सारी रात

दर्द कहीं बैठा था कोने
ऊहापोह के बिछे बिछौने
हर करवट पर चिंता आती
नयी-नयी सूइयाँ चुभोने
आँखों से बह निकली कितने
सपनों की बारात

तिनके में ढूँढ़ता सहारा
फिर कोशिश करता दोबारा
झूठी आशा के दीपक से
किन्तु कहाँ होता उजियारा
सूरज रूठ गया हो जिसका
उसका कहाँ प्रभात

विधना की कैसी मनमानी
एक महल के राजा-रानी
राख हो गये बिना कहे ही
जीवन की अनकही कहानी
टूटे तारे आसमान में करते
हैं ये बात

मुझे उर्दू नहीं आती, मुझे हिन्दी नहीं आती।

मुझे उर्दू नहीं आती, मुझे हिन्दी नहीं आती।

मुझे आती है इक भाषा कि जिसमें बोलता हूँ मैं
हृदय के स्राव को शब्दों के जल में घोलता हूँ मैं
वो भाषा जिसमें तुतलाकर मैं पहली बार बोला था
जिसे सुनकर मेरी माँ के नयन में अश्रु डोला था
उठाकर बाँह में उसने मेरे मुखड़े को चूमा था
सुनहरे स्वप्न का इक सिलसिला आँखों में घूमा था
वो भाषा मेरे होंठों पर दुआ बन करके चिपकी है
वो किस्सा है, कहानी है, वो लोरी है, वो थपकी है
खुले आकाश में अपने परों को तोलती है वो
मेरी भाषा को सीमाओं की चकबन्दी नहीं आती
मुझे उर्दू नहीं आती मुझे हिन्दी नहीं आती।

न वर्णों का समुच्चय है न व्याकरणों की टोली है
मेरी भाषा, मेरे अन्तर के उद्गारों की बोली है
दृगों के मौन सम्भाषण में भी मुँह खोलता हूँ मैं
जहाँ होता है सन्नाटा वहाँ भी बोलता हूँ मैं
ये पर्वत, वन, नदी, झरने इसी में वास लेते हैं
मृगादिक वन्य पशु-पक्षी इसी में साँस लेते हैं
मेरी भाषा में बोले आदिकवि मिल्टन कि हों गेटे
वो ग़ालिब, संत तुलसी, मीर या बंगाल के बेटे
जगत की वेदनाओं से सहज संवाद करती है
मेरी भाषा को विश्वासों की पाबंदी नहीं आती
मुझे उर्दू नहीं आती मुझे हिन्दी नहीं आती।

मुझे कुछ रोष है ऐसे स्वघोषित कलमकारों पर
इबारत जो नहीं पढ़ते भविष्यत की दीवारों पर

जो बहते नीर को पोखरों-कुओं में बाँट देते हैं
जो अपने मत-प्रवर्तन हेतु खेमें छाँट लेते हैं
मुझे प्रतिबद्धता की कल्पना प्रतिबन्ध लगती है
सृजन के क्षेत्र में यह वर्जना की गन्ध लगती है
हृदय के भाव अनगढ़ हों तो सोंधे और सलोने हैं
किसी मत में जकड़ते ही ये बेदम से खिलौने हैं
विचारों के नये पुष्पों के सौरभ में नहाती है
मेरी भाषा को सिद्धान्तों की गुटबन्दी नहीं आती
मुझे उर्दू नहीं आती मुझे हिन्दी नहीं आती

लौट ! घर चल मुसाफ़िर

लौट ! घर चल मुसाफ़िर

कहाँ अब आसरा परदेश में है
यहाँ छल का चलन हर वेश में है
नेह के नीर आँखों में नहीं हैं
स्वार्थ के रेशमी कल हर कहीं हैं
बहुत रोका तुझे
बरबस गया फिर
लौट ! घर चल मुसाफ़िर

तेरा अधिवास तेरे गाँव में है
भले ही पेड़ की लघु छाँव में है
यहाँ कितना ! बसेरे का किराया
दण्ड भी, यदि न वादे पर चुकाया
गया कोई तो
आया है नया फिर
लौट ! घर चल मुसाफ़िर

शहर की याद होगी साथ तेरे
नियति की वर्तिका पर शलभ-फेरे
जहाँ घुमड़े कभी बादल घनेरे
वहीं मरुथल ने डाले आज डेरे
न आशा में कोई
दीपक जला फिर
लौट ! घर चल मुसाफ़िर

मुसाफ़िर, कितनी राहें चल कर आये हो

मुसाफ़िर,
कितनी राहें चल कर आये हो

हर पड़ाव की गंध बसी है
हर परिचय का रंग लगा है
प्रभाकीट यादों के भी
कुछ कहीं छिपाये हो
मुसाफ़िर,
कितनी राहें चलकर आये हो

इस पड़ाव पर ठहर गये तुम
शायद रस्ता बिसर गये तुम
आज लग रहा है जैसे
फिर से अकुलाये हो
मुसाफ़िर,
कितनी राहें चलकर आये हो

देखो हो न अबेर मुसाफ़िर
संध्या में है देर मुसाफ़िर
इस सराय को छोड़ चलो
जिस दर को आये हो
मुसाफ़िर
कितनी राहें चलकर आये हो

रिश्तों का व्याकरण

अनुकरण की
होड़ में अन्तःकरण चिकना घड़ा है
और रिश्तों का पुराना व्याकरण
बिखरा पड़ा है।

दब गया है
कैरियर के बोझ से मासूम बचपन
अर्थ-वैभव हो गया है सफलता का सहज मापन
सफलता के
शीर्ष पर जिसके पदों का हुआ वन्दन
देखिए किस-किस की गरदन को
दबाकर वो खड़ा है।
और रिश्तों का पुराना व्याकरण
बिखरा पड़ा है।

सीरियल के
नाटकों में समय अनुबंधित हुआ है
परिजनों से वार्ता-परिहास क्रम
खण्डित हुआ है
है कुटिल
तलवार अंतर्जाल का माया जगत भी
प्रगति है यह या कि फिर विध्वंस
का खतरा बड़ा है।
और रिश्तों का पुराना व्याकरण
बिखरा पड़ा है।

नग्नता
नवसंस्कृति की भूमि में पहला चरण है
व्यक्तिगत स्वच्छन्दता ही प्रगतिधर्मी
आचरण है
नयी संस्कृति के नये
अवदान भी दिखने लगे अब
आदमी अपनी हवस की दलदलों
में जा गड़ा है
और रिश्तों का पुराना व्याकरण
बिखरा पड़ा है।

उसी पुरानी हाँड़ी में...

उसी पुरानी हाँड़ी में
अब कब तक भात पकायेंगे!

युग बदला निर्मितियाँ बदलीं
सृजन और स्वीकृतियाँ बदलीं
बदल गये जीवन के मानक
यज्ञ और आहुतियाँ बदलीं
पुरावशेषों को बटोरकर
कब तक भूत जगायेंगे!

राजा, भाट, विदूषक बदले
दरबारी, सन्देशक बदले
बदल गये तात्पर्य अर्थ के
मिथकों के सँग रूपक बदले
सूप पीटकर कितने दिन तक
चिर दारिद्रय भगायेंगे

गोरी, पनघट, घूँघट बदले
सिकहर, चूल्हे, दीवट बदले
समय-रेत के परिवर्तन से
नदियों ने अपने तट बदले
विगत हो चुके स्वर्णकाल पर
कब तक अश्रु बहायेंगे

हर प्रभात का रवि नवीन है
अम्बर की हर छवि नवीन है
चिर-नवीन अनुभूति गीति की
युग-जीवी जो कवि नवीन है
जीर्ण तन्तुओं से बुनकर क्या
वस्त्र नवीन बनायेंगे

कैसे लगें किनारे को

अंधकार का कम्बल ओढ़े
कोस रहे उजियारे को

बंद किये मन के वातायन
दोष हवा को हैं देते
संघर्षों से किया पलायन
अवसर का सुख हैं लेते
किया शिकार भरा झोले में
खोज रहे हत्यारे को

सूरज से विरोध है उनका
और कुहासों से यारी
बुझे अलावों पर जाड़े की
है सारी जिम्मेदारी
मुख्य द्वार से चोर घुस रहे
ताक रहे गलियारे को

मेरी और तुम्हारी इसकी
उसकी एक कहानी है
मेरे जैसा नेक न कोई
दुनिया ही बौरानी है
चप्पू औ पतवार लड़ रहे
कैसे लगें किनारे को

कवि कुछ रचो नवीन, वीन झंकृत हो मन की

कवि कुछ रचो नवीन, वीन झंकृत हो मन की।

कल की जड़ीभूत उपमाएँ
बिम्ब पुरातन वही कथाएँ
पात ढाक के तीन, कथा रह गयी सृजन की।

सूर्य नहीं अब देव, पड़ोसी तारा
चंद्रयान ने शशिमुख-दर्प उतारा
दीप बल्ब से क्षीण व्यथा क्या शलभ दहन की।

जीन्स-टाप में बस से लटकी बाला
अमराई की जगह मॉल है आला
कोयल हुई विलीन, एफेम धड़कन यौवन की।

खत्म हुए आँगन, चौपाल ओसारे
बालकनी में गोरी केश सँवारे
हैं लैला जी स्कूटी-आसीन, घटी महिमा ऊँटन की।

'मैं करता हूँ प्रेम तुम्हें' है मुख में
मन अटका है किन्तु अन्य से सुख में
हुई बहुत प्राचीन, कल्पना विरह-मिलन की।

मोबाइल ले लिया यक्ष ने जबसे
करती एसेमेस मेल यक्षिणी तबसे
बादल उद्यमहीन, बही धारा अँसुअन की।

जायें क्यों खजुराहो और एलोरा
प्रभुकृत जीवित प्रतिमाएँ चहुँओरा
दीर्घ वस्त्र कौपीन, व्यवस्था नवप्रचलन की।

कवि कुछ रचो नवीन वीन झंकृत हो मन की।

कुछ तो कहीं हुआ है भाई

कुछ तो कहीं हुआ है भाई
कुछ तो कहीं हुआ है
झमझम बारिश है बसंत में
सावन में पछुआ है
कुछ तो कहीं हुआ है

हुई कूक कोयल की गायब
बौर लदी अमराई गायब
सरसों फूली सहमी-सहमी
फागुन से अँगड़ाई गायब
मौसम-चक्र पहेली जैसा
मानव ज्यों भकुआ है
कुछ तो कहीं हुआ है

जीवन से जीविका बड़ी है
मन, मौसम में जंग छिड़ी है
मानव का अस्तित्व गौण है
नास्डॉक पर नज़र गड़ी है
पीछे गहरी खाई उसके
आगे पड़ा कुआँ है
कुछ तो कहीं हुआ है

तुलसी-सूर-कबीर कहाँ तक
देंगे साथ फ़कीर कहाँ तक
घोर कामना के जंगल में
राह दिखायें पीर कहाँ तक
राम नाम जिह्वा पर लेकिन
चिन्तन में बटुआ है
कुछ तो कहीं हुआ है

गर्मी के दिन

भोर जल्द भाग गयी लू के डर से
साँझ भी निकली है बहुत देर में घर से
पछुआ के झोंकों से बरसती अगिन
गर्मी के दिन।

पशु-पक्षी पेड़-पुष्प सब हैं बेहाल
सूरज ने बना दिया सबको कंकाल
माँ चिड़िया लाती पर दाने बिन-बिन
गर्मी के दिन।

हैण्डपम्प पर कौआ ठोंक रहा टोंट
कुत्ता भी नमी देख गया वहीं लोट
दुपहरिया बीत रही करके छिन-छिन
गर्मी के दिन।

बच्चों की छुट्टी है नानी घर तंग
ऊधम दिन भर, चलती आपस की जंग
दिन में दो पल सोना हो गया कठिन
गर्मी के दिन।

शादी-बरातों का न्योता है रोज
कहीं बहूभोज हुआ कहीं प्रीतिभोज
पेट-जेब दोनों के आये दुर्दिन
गर्मी के दिन।

शहर तू कितना बड़ा लुटेरा

जबसे तूने गाँव के बाहर डाला अपना डेरा
डरी-डरी सी शाम गयी है
सहमा हुआ सवेरा
शहर तू कितना बड़ा लुटेरा

चिंतित गाँव दुहाई देता, करता रोज़ हिसाब
कितने बाग कटे, सूखे कितने पोखर तालाब
काँक्रीट के व्यापारी ने अपना जाल बिखेरा
शहर तू कितना बड़ा लुटेरा

खेतों के चेहरों पर मलकर कोलतार का लेप
धरती के मुख पर मानों चिपकाया तुमने टेप
हवा साँस लेने को तरसे करते वाहन फेरा
शहर तू कितना बड़ा लुटेरा

ऑक्टोपसी वृत्ति है तेरी आठ भुजा फैलाये
आस-पास सब कुछ ग्रसने को आतुर है मुँह बाये
सुविधा-भोगी मानव तेरा बन जाता है चेरा
शहर तू कितना बड़ा लुटेरा

गाँव की बदल गयी है भोर

कोयल की कूकों में शामिल है ट्रैक्टर का शोर
धान-रोपाई के गीतों की तान हुई कमजोर
गाँव की बदल गयी है भोर।

कहाँ गये सावन के झूले औऽ कजरी के गीत
मन के भोले उल्लासों पर है टीवी की जीत
इतने चाँद उगे हर घर में चकरा गया चकोर

समाचार-पत्रों में देखा बीती नागपचइयाँ
गुड़िया ताल रँगीले-डण्डे कहाँ गयीं खजुलइयाँ
दंगल गुप्प अखाड़े सूने बाग न कोई मोर

दरवाजे पर गाय न गोरू भले खड़ी हो कार
कीचड़-माटी कौन लपेटे जब चंगा व्यौपार
खेतों-खलिहानों में उगते मॉल और स्टोर

बस इतना-सा समाचार है

जितना अधिक पचाया जिसने
उतनी ही छोटी डकार है
बस इतना-सा समाचार है

निर्धन देश धनी रखवाले
भाई चाचा बीवी साले
सबने मिलकर डाके डाले
शेष बचा सो राम हवाले
फिर भी साँस ले रहा अब तक
कोई दैवी चमत्कार है
बस इतना-सा समाचार है

चादर कितनी फटी-पुरानी
पैबन्दों में खींचातानी
लाठी की चलती मनमानी
हैं तटस्थ सब ज्ञानी-ध्यानी
जितना ऊँचा घूर, दूर तक
उतनी मुर्गें की पुकार है
बस इतना-सा समाचार है

पढ़े-लिखे सब फेल हो गये
कोल्हू के से बैल हो गये
चमचा, मक्खन तेल हो गये
समीकरण बेमेल हो गये
तिकड़म की कमन्द पर चढ़कर
सिद्ध-जुआरी किला-पार है
बस इतना-सा समाचार है
जन्तर-मन्तर टोटका टोना

बाँधा घर का कोना-कोना
सोने के बिस्तर पर सोना
जेल-कचेहरी से क्या होना
करे अदालत जब तक निर्णय
धन-कुनबा सब सिन्धु-पार है
बस इतना-सा समाचार है

मन को ढाँढ़स लाख बधाऊँ
चमकीले सपने दिखलाऊँ
परी-देश की कथा सुनाऊँ
घिसी वीर-गाथाएँ गाऊँ
किस खम्भे पर करूँ भरोसा
सब पर दीमक की कतार है
बस इतना-सा समाचार है

अहम की ओढ़कर चादर

अहम की ओढ़कर चादर
फिरा करते हैं हम अक्सर

अहम अहमों से टकराते
बिखरते चूर होते हैं
मगर फिर भी अहम के हाथ
हम मजबूर होते हैं
अहम का एक टुकड़ा भी
नया आकार लेता है
ये शोणित-बीज का वंशज
पुनः हुंकार लेता है
अहम को जीत लेने का
अहम पलता है बढ़-चढ़कर
अहम की ओढ़कर .....

विनयशीलो में भी अपनी
विनय का अहम होता है
वो अन्तिम साँस तक अपनी
वहम का अहम ढोता है
अहम ने देश बाँटे हैं
अहम फ़िरकों का पोषक है
अहम इंसान के जज़्बात का भी
मौन शोषक है
अहम पर ठेस लग जाये
कसक रहती है जीवन भर

अहम की ओढ़कर चादर ...

चलो लौटें कविता की ओर (श्वास के छन्द)

छोड़ कर,
व्यस्त क्रमों की डोर
चलो लौटें कविता की ओर

कसमसाहट है मन बेचैन
चतुर्दिक बिम्ब खोजते नैन
बुलाये देकर कोई सैन
सुनाये स्नेहसिक्त कुछ बैन
मौन हो सुनूँ श्वास के छंद
भूलकर जग में बिखरा शोर
चलो लौटें कविता की ओर

हुआ क्या अब तक व्यर्थ व्यतीत
अर्थ-संचय में लगा अतीत
देह के सुविधाओं की जीत
मन कहीं और कहीं मनमीत
अरे! किसके हित किया प्रबन्ध
हृदय है या पाषाण कठोर
चलो लौटें कविता की ओर

नियति के कुछ अलिखित अध्याय
स्वयं लिख दें यदि करें उपाय
हृदय का वह कपाट खुल जाय
जहाँ सोयी कविता निरुपाय
सृष्टि-क्रम का आदिम आनंद
क्षितिज-घूँघट सरकाती भोर
चलो लौटें कविता की ओर

सुख-दुःख आना-जाना

सुख-दुःख आना-जाना साथी
सुख-दुःख आना-जाना।

सुख की है कल्पना पुरानी
स्वर्गलोक की कथा-कहानी
सत्य-झूठ कुछ भी हो लेकिन
है मन को भरमाना साथी
सुख-दुःख आना-जाना।

सुख के साधन बहुत जुटाये
सुख को किन्तु खरीद न पाये
थैली लेकर फिरे ढूँढ़ते
सुख किस हाट बिकाना साथी
सुख-दुःख आना-जाना।

आस-डोर से बँधी सवारी
सुख-दुःख खींचें बारी-बारी
कहे कबीरा दो पाटन में
सारा जगत पिसाना साथी
सुख-दुःख आना-जाना।

वनवासी जीवन में सुख था
शशिमुख के आगे रवि-मुख था
किन्तु स्वर्ण-मृग की इच्छा में
लंका हुआ ठिकाना साथी
सुख-दुःख आना-जाना।

दुःखमय जगत काल की फाँसी
देख कुमार हुआ संन्यासी
शोध किया तो पाया तृष्णा-
पीछे जग बौराना साथी
सुख-दुःख आना-जाना।

जब-जब किया सुखों का लेखा
सुख को पता बदलते देखा
किन्तु सदा ही इसके पीछे
दुःख पाया लिपटाना साथी
सुख-दुःख आना-जाना।

जीवन की अनुभूति इसी में
द्वेष इसी में प्रीति इसी में
इसी खाद-पानी पर पलकर
जीवन-कुसुम फुलाना साथी
सुख-दुःख आना-जाना।

गंगा-यमुना के संगम पर

फिर उतर गया पानी चढ़कर
गंगा-यमुना के संगम पर
ध्वज वाली नावों की कतार
नाविक करते रह-रह पुकार
घाटिये बुलाते बार-बार
स्नानार्थी को दुविधा अपार
कर्तव्यमूढ़ है जाय किधर

संगम तक जाकर किया स्नान
चंदन-रोली फिर गऊदान
दक्षिणा दुःखों का समाधान
भिक्षुक भी पथ में विद्यमान
फैलाये हुए फटे चीवर

तटबंध निकट हैं मूर्तिमान
त्रेता युग के श्री हनूमान
काँधे लक्ष्मण संग प्रभु महान
श्रद्धालु करें वन्दना गान
पुण्यार्जन करते श्रद्धाभर

कुछ हो जाये दुनियादारी
घरबारी काम खरीदारी
चिमटा कलछुल लोटा थारी
आवाज़ लगाये मनिहारी
पति मात्र भारवाहक सहचर

इस बीच कई चंदनधारी
औघड़ फक्कड़ चिमटाधारी
कुछ टोटकेबाज़ चमत्कारी
भक्तों के भय के व्यापारी
हर क्षण ठगने को हैं तत्पर

बीती जाय जवानी

बीती जाय जवानी रे
बीती जाय जवानी

गयी कपोलों की चिकनाई
पड़ी आँख के नीचे छाँई
नयी लकीरें उभर रही हैं
सलवट हुई पेशानी रे
बीती जाय जवानी

जुगराफ़िया हो गया ढीला
मध्य भाग में उभरा टीला
जकड़ गयी है कमर, पीठ भी
झुककर हुई कमानी रे
बीती जाय जवानी

खत्म हुई चालों की चुस्ती
छायी रहती अक्सर सुस्ती
यादें ही हैं शेष कि अब तो
मस्ती हुई कहानी रे
बीती जाय जवानी

अंकल कहकर गयी यौवना
उठी हृदय में तीव्र वेदना
तभी याद आ गया अचानक
बिटिया हुई सयानी रे
बीती जाय जवानी

एकालाप सुना जब उसने
कहा देखते हो क्यों सपने
बीत गयी, फिर भी कहते हो
बीती जाय जवानी रे
बीती जाय जवानी

कैसी घिरीं घटाएँ

कैसी घिरीं घटाएँ नभ पर
कैसी घिरी घटाएँ

धूप कर रही धींगा-मस्ती
छायाओं से गरमी रिसती
आँचल का अपहरण कर रही
हैं मनचली हवाएँ
कैसी घिरी घटाए।

हंस तज गये मानसरोवर
मत्स्यों का है जीना दूभर
घड़ियालों के झुण्ड किनारों
पर डूबें उतरायें।
कैसी घिरी घटाएँ।

पर्वत-पर्वत कोलाहल है
सागर-सागर बड़वानल है
धरती का सुख होम कर रहीं
बारूदी समिधाएँ।
कैसी घिरी घटाएँ।

कुएँ, नदी, नलकूप पियासे
बरखा भूल गयी चौमासे
मन का पतझर रहे अछूता
ऋतुएँ आयें-जायें।
कैसी घिरी घटाएँ।

सूख गया आँखों का पानी
रिश्तों पर छायी वीरानी
तनिक लाभ के लिये टूट जातीं
नैतिक सीमाएँ।
कैसी घिरी घटाएँ।

किसकी बाट जोहती है तू नैया री !

किसकी बाट जोहती है तू
नैया री !

जिनको तूने पार उतारा
कोई तेरा हुआ सहारा
सबने दाम दिये नाविक को
तुझे पैर से धक्का मारा
सब चुपचाप सहा करती है
कभी न कहती दैया री !

केवट ने सुख लूटा सारा
स्वयं तरा पुरखों को तारा
प्रभु तेरी गोदी में बैठे
धन्यवाद क्या किया तुम्हारा
तुझे मुसाफ़िर भी ठगते हैं
ठगता रोज़ खिवैया री !

लहरों की ठोकर सहती है
घावों से रिसती रहती है
सबको पार लगा देने को
गरदन तक डूबी बहती है
तूने डगमग किया तनिक तो
याद आ गयी मैया री !

सब तेरे ऊपर तिरते हैं
मरने से कितना डरते हैं
वैतरणी में डूब न जायें
सो गोदान किया करते हैं
तू जो निशिदिन पार उतारे
कभी न कहते गैया री!

किसकी बाट जोहती है तू
नैया री!

सुन रहे हो!

सुन रहे हो!
बज रहा है मृत्यु का संगीत
मृत्यु तन की ही नहीं है
क्षणिक जीवन की नहीं है
मर गये विश्वास कितने
पर क्षुधा रीती नहीं है
रुग्ण-नैतिकता समर्थित
आचरण की जीत
सुन रहे हो! .....

ताल पर हैं पद थिरकते
जब कोई निष्ठा मरी है
मुखर होता हास्य, जब भी
आँख की लज्जा मरी है
गर्व का पाखण्ड करते
दिवस जाते बीत
सुन रहे हो! ....

प्रीति के अनुबन्ध हों या
मधुनिशा के छन्द हों या
हों युगल एकान्त के क्षण
स्वप्न-खचित प्रबन्ध हों या
छद्म से संहार करती
स्वयं है सुपुनीत
सुन रहे हो! ....

पहनकर नर-मुण्ड माला
नाचती जैसे कपाला
हँसी कितने मानवों के
लिए बनती मृत्युशाला
वर्तमानों की चिता पर
मुदित गाती गीत
सुन रहे हो.....

जिस पर खड़ा घरौंदा था...

जिस पर खड़ा घरौंदा था
वह सम्बल टूट गया

स्वप्नों की निर्मितियाँ कितनी
संचित हैं सुस्मृतियाँ कितनी
उपालम्भ-मनुहारों के क्षण
वर्जन औऽ स्वीकृतियाँ कितनी
काल चक्र अमृत के प्याले में
विष कूट गया

कितना सत्य लगा था मृगजल
भाग रहा था होकर विह्वल
अपनी ही छवि देख रहा था
अपने ही दृग का विचित्र छल
भ्रम तो टूटा किन्तु कारवाँ
पीछे छूट गया

यह मरुथल और मैं एकाकी
तृष्णा भी अब रही न बाकी
गर्म हवाएँ ही मदिरा हैं
गर्म हवाएँ ही हैं साकी
मेरा ही विश्वास लुटेरा
बनकर लूट गया

आओ, चलो लड़ाई कर लें

(पड़ोसी देश के नाम)

आओ
चलो लड़ाई कर लें

तुम्हें और कुछ काम नहीं है
घर बैठे आराम नहीं है
शौक़ नवाबी पाल रहे हो
किन्तु जेब में दाम नहीं है
आँगन में ढेला फिकवाओ
और बोलने पर गुर्राओ
बहुत तुम्हारा मन करता है
थोड़ी हाथापाई कर लें

घर की कोठ खँगाल चुके हो
भाँग कुएँ में डाल चुके हो
माँग-माँगकर भीख, पेट
भरने की आदत पाल चुके हो
जब देखो लठैत बुलवाओ
बरछी-बल्लम से धमकाओ
जिस हिसाब से मन भरता हो
आओ आना-पाई कर लें

देख रही है दुनिया सारी
तुम्हें लगी कैसी बीमारी
ड्रग से पहलवान बनने में
चौपट कर दी खेती-बारी

खुश रह खुद भी, खुश रहने दे
साथ-साथ सुख-दुःख सहने दे
करमजले! गर अकल बची हो
अब भी भाई-भाई कर लें
वरना
चलो लड़ाई कर लें।

धीरज रख मन

धीरज रख मन
धीरे-धीरे
ये दिन भी कट जायेंगे

सहा कठिन
वनवास राम ने
कृष्णभक्त
पाण्डव सुनाम ने
आखिर
उनके भी दिन आये
डर मत इतना
घटाटोप से
ये बादल छँट जायेंगे

बाधाएँ
हैं सबकी साँझी
वो जीता
जो दशरथ माँझी
मन का
निश्चय बहुत सबल है
लगन नहीं छोड़ी
यदि तुमने
विघ्न स्वयं हट जायेंगे

व्यर्थ दुःखों
का संचय करना
अश्रु-अश्रु
से सागर भरना
सारहीन
है जग की माया
साबुन के बुलबुले
हवा के
झोंकों से फट जायेंगे।

जलायें कुछ हृदय की देहरी पर

जलायें कुछ
हृदय की देहरी पर
दिये सौहार्द के
सुंदर सजीले

झोपड़ी तमस में है
अगर डूबी
दीप अश्लील हैं
अट्टालिका के
नये परिधान में
सब बेल बूटे
फटे कपड़े
अकिंचन बालिका के
जलाओ एक दिन
दीपक वहाँ भी
जहाँ पलते हैं
सपनों के क़बीले

निर्वसन और
निर्वासित हुई है
मनुजता की प्रतिष्ठा
कहाँ जाने
करें श्रृंगार इसका
फिर धरा पर
यही त्यौहार हैं
इसके बहाने
अनगिनत नेह के
दीपक जलायें
पड़ेंगे स्वार्थ के
कुछ बंध ढीले

अँधेरे में पड़ी
मन की अयोध्या
सजायें दीप हमने
किन्तु सर पर
कपट मन में
कुलाँचे मारते हैं
स्वाँग आराधना का
है निरंतर
बुहारें चलो अब
अंतकरण को
नहीं हैं राम जी भी
कम हठीले

मिला नहीं अँजुरी भर घाम

फिर बीता दिवस
हुई शाम
मिला नहीं
अँजुरी भर घाम

सूरज के पंख झरे
पड़ गया नरम
कोहरों की मनमानी
हो गयी चरम
अवसर अनुकूल देख
बेशरम बड़े
किरणों की राह रोक
ढीठ से खड़े
कोई इन पर कसे लगाम

आग ने समेट लिये
वासंती केश
दुबकी है हवा कहीं
कर न ले प्रवेश
झुण्ड देख लकड़ी के
हई चिड़चिड़ी
धूसर-सा कम्बल फिर
ओढ़कर पड़ी
छेड़ो तो नासिका ललाम

चाबुक लेकर निकली
शीत गश्त पर
सन्नाटा फैल गया
जहाँ तक नज़र
बिस्तर के आसपास
प्रेत-सी खड़ी
शंका और संकट में
जंग-सी छिड़ी
छूट गये सभी काम-धाम

हे बसंत! तुम घर-घर आओ

हे बसंत!
तुम घर-घर आओ
घर-घर वास करो

दरवाज़े के बिना झोपड़ी
होगी मँगरू की
और पास में चरती होगी
बकरी कमरू की
उनके संग एक बेला
तुम भी उपवास करो

रामरती का पती गया है
सूरत, अगहन में
चूल्हे पर देखना पकाती
है क्या अदहन में
उसके पति से कहना जाकर
ख़त्म प्रवास करो

किन्तु बाग़ की ओर न जाना
कुछ भी नहीं वहाँ
कूड़े ने सब पाट दिया
पोखर तालाब कुआँ
सरसों फूल रही है फिर भी
मन न उदास करो

नफ़रत बोयी, अच्छी पैदावार हुई है

नफ़रत बोयी
अच्छी पैदावार हुई है

बिना खर्च के
फोकट में मज़दूर मिल गये
हिंसा, दंगा
मारकाट को शूर मिल गये
बिन पैसे
चुनाव की नैया पार हुई है

जाति-धर्म
चमड़ी-दमड़ी के भेद अनेक
जो पाँसा
चल जाय मूँदकर आँखें फेंको
इस नुस्ख़े से
विजय सैकड़ों बार हुई है

जीने से भी
अधिक लाभ है मर जाने में
जन्नत में
हूरों से शैया-सुख पाने में
दुनिया तो
पहले ही बंटाधार हुई है

खिसियाकर बरसे हैं बादल

खिसियाकर
बरसे हैं बादल

सुनते–सुनते
उलाहनों को
कान पक गये
बेचारों के
सभी जगह
पानी पहुँचाते
थके हुए
श्रम के मारों के
फिर भी निंदा हुई
देखकर
खोल दिया
सागर की साँकल

चढ़े वस्त्र
घुटनों के ऊपर
कीचड़ ने भी
चित्र उकेरे
अब अकुलाहट
में कहते हैं
भाई कुछ थम के
बरसो रे!
धरा मुदित है
तृप्त हुआ है
उसका सूखा
प्यासा आँचल।

शुरू हुई
धान की रोपनी
पकते भुट्टों की
रखवाली

हड़ा–हड़ा
करते मचान से
बजा–बजा कर
टीना खाली
किहाँ-किहाँ
का शोर मचाता
फिर से मोर
हुआ है पागल

जिनके टपरे
छप्पर चूते
उन पर है यह
वर्षा भारी
आग सिसकती
है चूल्हे में
कीचड़–माटी
सनी ओसारी
फिर भी कजरी
सजे रात में
ढलते साँझ
खनकती पायल

भाई! गर्व न करिए मिट्टी के ढेले पर

भाई!
गर्व न करिए
मिट्टी के ढेले पर
पड़ी बूँद दो–चार
कि गलकर
बह जायेगा

मेघों के बल से
उच्छृँखल नदी
तोड़ने लगी
बन्ध
सब मर्यादा के
पावस बीता
लगा सिकुड़ने गात
बींधने लगे
थपेड़े
सर्द हवा के
समय
बहुत बलवान
किला अभिमानों वाला
ढह जायेगा।

माचिस की तीली
ने सींची आग
स्वयं भी
कर बैठी
अपना मुँह काला
विश्वविजय करने
का था
अरमान, सिकंदर
बना राह में
काल–निवाला
कहते हैं
धीमान, किया उपकार
सुरक्षित
रह जायेगा

चणक–पुत्र का
जगविश्रुत अपमान
छिनी गद्दी
नरपति
अत्यंत सबल की
कहते संत
कबीर
हाय मोटी
होती है
अति, दुर्बल की
भले भींच लें होंझ
हृदय का रुदन
बहुत कुछ
कह जायेगा

क्यों जमाते जा रहे हैं बर्फ दिल की सरहदों पर

क्यों जमाते जा रहे हैं
रोज़ मोटी बर्फ
दिल की सरहदों पर

खो रहा पहचान
हर इंसान
खानों में बँटा है
ढूँढ़ता पहचान
लाशों में भी
कितना अटपटा है
सिसकियाँ बेअसर
होकर
रह गयी हैं कहकहों पर

जल गया बारूद
कितना
कौन जीता कौन हारा
अनगिनत परिवार
उजड़े
जो बचे वो बेसहारा
पर जुनूँ है
और ज़्यादा
मज़हबों के आशिकों पर

 श्वास के छन्द / डॉ. अमिताभ त्रिपाठी 'अमित'

गर न सँभले, एक दिन
पूरी धरा
वीरान होगी
फिर न कोई अर्चना
पूजा, नमाज़
अजान होगी
गिद्ध और सियार
नाचेंगे
हमारे तम्बुओं पर

इतना दर्द न देना साथी

इतना दर्द न देना साथी
जीवन सुधा
गरल हो जाये।

प्रायः घटित
हुआ करती हैं
बहुत विसंगतियाँ
जीवन में,
सिंहासन
मिलना था जिनको
उनको पड़ा
भटकना
वन में,
किन्तु नियति भी
झुक जाती है
धीरज यदि
संबल हो जाये।

सुख–दुःख
आगे–पीछे चलते
गाड़ी के
पहियों के जैसे
लाभ–हानि
से भरे पड़े हैं
खाते सब
बहियों के जैसे,
किन्तु प्रेम
पाथेय रहे तो
कंटक–राह

सरल हो जाये।
जितनी कठिन
परीक्षा जिसकी
उतना ही
परिणाम अनोखा,
विष पीने वाली
मीरा के
लिए खुल गया
श्याम–झरोखा,
निष्ठा ऐसी आँच
कि जिसमें
पत्थर स्वयं
तरल हो जाये।

अब टूट रहे धीरे-धीरे मेरे जीवन के अमलतास

अब टूट रहे
धीरे धीरे
मेरे जीवन के
अमलतास

भीषण आतप को
सहा बहुत
कुछ कहा, रहा
अनकहा बहुत
वर्षा की आहट
से ही क्यों
होता जाता है
मन उदास

हैं शुष्क – शुष्क
अनुभव के फल
बाहर कठोर
मृदु अंतस्तल
रोपूँ कैसे
ये कठिन बीज
मरुभूमि मिली है
आसपास

पुनरावर्तन की
प्रत्याशा
देती है मन को
फिर आशा
बीतेगा शीतकाल
इक दिन
होगा वसंत का
पुनर्वास

सुना तुमने!

सुना तुमने!
कहीं पर
जोर की बारिश हुई है
रात भर, देखो

हमारे गाँव से क्यों
रूठ बैठे हैं सभी बादल
नहीं दिखते उन्हें क्या
रेत से सूखे हुए आँचल
नहीं आयी हवा
क्यों पूरबी
झकझोर कर, देखो

बटोही की तरह से
राह भूले तो नहीं होंगे
कहीं अनजान बाँहें
देख झूले तो नहीं होंगे
इन्हें आवारगी की
लत है या
इनका हुनर, देखो

कहीं पछुआ नशे ने
कर दिया बेबस नहीं आये
सुना है जो गये उस ओर
फिर वापस नहीं आये
यहाँ बरसात ठहरी है
नयन की
कोर पर, देखो
सुना तुमने!

क्या पता कब टूट जाये डोर साथी

क्या पता कब
टूट जाये डोर
साथी

बुझ रहे हैं
साँझ के बाले दिये
पृष्ठ कोरे हैं
भरे हैं हाशिये
दूर है अब भी
क्षितिज से भोर
साथी

था हलाहल
पी लिया जिनके लिए
प्रश्नवाचक हो गये
उनके लिए
हर तरफ हैं
स्वार्थों के शोर
साथी

मन नहीं हारा
न मन के हौसले
पर, रहेंगे साथ
कब तक वलवले
साँस की रफ़्तार
है कमजोर
साथी!

लुट जाती है पलक झपकते सपनों की दूकान।

लुट जाती है
पलक झपकते
सपनों की दूकान।

जीवन के
इस विषम समर में
हार-जीत
पाँसों के घर में
वचन सभी
सन्दिग्ध हुए हैं
भेद छिपा
अक्षर-अक्षर में
स्वार्थ-मुखौटों
में छिप जाती
चेहरों की पहचान।

आया है जो
समय अदेखा
अपने ही
कर्मों का लेखा
भूले थे हम
किंतु भाग्य ने
बड़े जतन से
उसे सरेखा
जितनी कास्त

चौगुनी उसकी
भरनी पड़ी लगान

खल की निभती
खल-संगतमें
सरल हृदय
अभिशाप जगत में
सबसे प्यारा
शामिल निकला
हत्यारों की
मिली-भगत में
प्रबल हुई
काँटों की सेना
राह नहीं आसान

समय बहुत प्रतिकूल

समय बहुत प्रतिकूल
बटोही
समय बहुत प्रतिकूल

कालनेमि गुरु की गद्दी पर
जरासन्ध हैं चौहद्दी पर
दुश्शासन के भूखे कुत्ते
टूट रहे सूखी हड्डी पर
बिखरे पग-पग शूल
बटोही

भडुए गोश्त खा रहे ताज़ा
चारण बजा रहे हैं बाजा
सेनापति पर प्रबल भरोसा
मीठी नींद सो रहा राजा
पड़ी आँख में धूल
बटोही

मत अपनी पहचान बता तू
पानी-सा सबमें मिल जा तू
एक हाथ में पत्थर ले ले
एक हाथ से शीश बचा तू
यही रीति अनुकूल
बटोही

फागुन बौराया फिर

फागुन बौराया फिर
मौसम में
छंद घुले होली के

रोम-रोम है सिहरन
हवा के झकोरों से
चितवन अलसायी-सी
झाँक रही कोरों से
पाहुन घर आया फिर
तैर रहे
स्वर हँसी-ठिठोली के

अनजानी मादकता
तन-मन में छायी-सी
गतिविधियों में लौटी
जैसे लौटी तरुनाई-सी
मन है मदिराया फिर
अर्थ समझ
प्रियतम की बोली के

रंग-बिरंगे मुखड़े
लाल, नील, काले हैं
रंगों से लथपथ सब
के वसन निराले हैं
फागुन उधिराया फिर
शोर उठे
होलियारी टोली के

तुम होते तो ऐसा कहते

अक्सर ही
सोचा करता हूँ
तुम होते
तो ऐसा कहते

लाया कुछ
खरीदकर प्रायः
निकल गया
थोड़ा खराब-सा
'आता कुछ भी
नहीं आपको'
तुम होते
तो ऐसा कहते

करना था
जो काम सवेरे
भूल गया
फिर शाम हो गयी
'क्यों इतनी
लापरवाही है'
तुम होते
तो ऐसा कहते

आज मिला
था कोई मुझसे
उससे
बातें हुईं देर तक
'कितना तो
बकबक करते हैं'
तुम होते
तो ऐसा कहते

हुआ बुखार
आज है फिर से
लेकिन
ऑफिस भी जाना है
'कोई नहीं
ज़रूरत इसकी'
तुम होते
तो ऐसा कहते

ऐसे ही
होता रहता है
आसपास
होता जब कुछ भी
बरबस ही
याद आ जाता है
तुम होते
तो ऐसा कहते

शेष हैं अब कुछ निरर्थक गीत

शेष हैं अब कुछ
निरर्थक गीत
उनका क्या करूँ मैं

स्राव थे जो
हृदय की संवेदना के
अश्रु जैसे थे
प्रसव की वेदना के
सो गया
उनमें छिपा संगीत
उनका क्या करूँ मैं

चल रही थी
एक सुंदर पटकथा
फिर अचानक
पट गिरा, पसरी व्यथा
रह गये कुछ पृष्ठ
अन-अभिनीत
उनका क्या करूँ मैं

जिस दिशा में
था समर्पित प्राणपण
भूमिका में थे
लिखे कुछ सुखद क्षण
बीतकर भी
लग रहे अव्यतीत
उनका क्या करूँ मैं

हे बादल! तुम कब जाओगे।

हे बादल!
तुम कब जाओगे

हे पावस के दूत!
तुम्हारी तान विलम्बित लय में
सुध-बुध खो बैठी
धरती डूबी है खण्ड प्रलय में
रश्मिरथी के अश्व
विकल हैं
निरालम्ब, निरुपाय
अनल हैं
किया बहुत श्रम मित्र, कहो,
क्या क्षणभर सुस्ताओगे!

मानचित्र पा गये
कहीं से तुम इस बार हमारा
घूम-घूम अपने
प्रवास को जी भर के विस्तारा
अतिथि बहुत उपकार
तुम्हारा
किंतु स्वगृह है
सबसे प्यारा
बाट जोहते स्वजन तुम्हारे
जाओ सुख पाओगे

पाहुन यदि ठहरें
ज़्यादा दिन, मानहानि होती है
अति होने पर
मदिरा की भी मादकता खोती है
भरे कुएँ तालाब
जलाशय
नगर हुए नदियों के
आशय
खेत-सिवान लीलकर
देखो तुम भी पछताओगे

कभी किसी का होना दुःख हो

कभी किसी का होना दुःख हो
और न होना भी
खाली खटिया भी चुभती हो
नरम बिछौना भी

विकल प्रतीक्षा में
प्रवास की सदियाँ बीत गयी
अर्थहीन आपाधापी में
साँसें रीत गयीं
हम ही रहे खेलते औ' थे
हम ही खिलौना भी

क्रोध नहीं हो सका कभी,
हल किसी समस्या का
धीरज को ही सदा मिला फल
कठिन तपस्या का
मृदुवाणी मुख का भूषण है
और तरौना भी

कभी बहुत खुश हुए स्वयं पर
कभी बहुत खीझे
कभी वितृष्णा हुई सोचकर
कभी बहुत रीझे
हम ही नज़र लगाते, हम ही
रहे डिठौना भी

प्रवासी! घर पहुँचकर तुम
(कोरोना काल में कामगारों के प्रति)

प्रवासी!
घर पहुँचकर तुम
कुशल की सूचना देना
नहीं मैं धो सका आकर
तुम्हारे पाँव के छाले
समय की बेड़ियाँ थीं और
भय के थे पड़े ताले
छुओ जब गाँव की मिट्टी
उसे भी सांत्वना देना

जहाजों के उड़े पंछी
वहीं पर लौटकर आते
बटोही अंत में अपनी
ही मिट्टी में शरण पाते
जमाकर पाँव फिर से तुम
समय को आईना देना

बुलाते हैं बहाने से
तुम्हारे गाँव-चौबारे
जिन्हें तुम छोड़कर
कितने दिनों फिरते रहे मारे
न फिर इस राह आने की
स्वयं को यातना देना

हो गये शरणार्थी अपने भुवन में

(कोरोना काल में कामगारों के प्रति)

हो गये शरणार्थी
अपने भुवन में

हुआ विस्थापन
विभाजन त्रासदी में
दृश्य कुछ वैसे दिखे
फिर इस सदी में
बेमदद निरुपाय
और बेबस अकेले
बोझ लादे आ रहे
मनुजों के रेले
फूटते हैं पाँव के
छाले नयन में

ढह गये जो स्वप्न थे
परदेश वाले
मिल न पाये जब
कई दिन तक निवाले
याद फिर आयी बहुत
उस गेह की
जहाँ से मिट्टी
बनी है देह की
चल पड़े पग
स्वयं ही पुनरागमन में

थी अप्रत्याशित
स्वयं यह महामारी
किन्तु हम पर ही
पड़ी यह बहुत भारी
श्रमधनी हम किन्तु
हो बैठे भिखारी
जोहते थे कब
चले कोई सवारी
और पुष्पकयान
उड़ते थे गगन में

कविता का वह कालपुरुष था जिसका नाम निराला

गरल पिया जीवन भर जिसने, अमृत का रखवाला।
कविता का वह कालपुरुष, था जिसका नाम निराला।

जीवन के झंझावातों से निशिदिन लड़ा अकेले,
सहकर देखे दुःख कोई जो महाप्राण ने झेले,
नहीं दीनता दिखलायी, था ऐसा साहस वाला।
कविता का वह कालपुरुष, था जिसका नाम निराला।

स्वर में स्वाभिमान का गर्जन, वाणी सरस्वती का नर्तन,
नयी भंगिमा, नव अभिव्यंजन छन्द-रूप-रस का परिवर्तन,
मत की परम्परा को जिसने तोड़ा वह मतवाला।
कविता का वह कालपुरुष, था जिसका नाम निराला।

रची भूमि जो उसने उस पर फैला कुनबा सारा,
किन्तु किसी ने देखा क्या उस भिक्षुक को दोबारा,
कहाँ तोड़ती सड़क किनारे पत्थर अब वह बाला।
कविता का वह कालपुरुष, था जिसका नाम निराला।

अवसादों के क्षण में भी वह हुआ विरक्त न जन से,
लड़ता रहा समर एकाकी विषम-काल-नर्तन से
था फक्कड़, जिसकी झोली में लाल करोड़ों वाला।
कविता का वह कालपुरुष, था जिसका नाम निराला।

तुलसी और राम दोनों के मन का कुशल चितेरा,
स्मृति में सरोज की जिसने अपना दर्द उकेरा,
क्षुद्र कुकुरमुत्ते को भी सम्मान दिलाने वाला।

कविता का वह कालपुरुष, था जिसका नाम निराला।
करुणा करो दलित जन पर, माँगा था प्रभु से किसने,
बादल-राग सुनाकर हमको मुग्ध किया था जिसने,
भिक्षुक है उदास, रोती है शिला कूटती बाला।
कविता का वह कालपुरुष, था जिसका नाम निराला।

हे हिन्दी के रुद्रावतार!

हे हिन्दी के रुद्रावतार!
भाषानिधि अम्बुधि महाकार
कविता-नवीन के शिल्पकार
जीवनी शक्ति जो दुर्निवार
अर्पित तुमको यह पुष्पहार
चन्दन है।

गंगा-यमुना उच्छ्वासित धार
कहती निजस्मृति को उघार
तुमसे भवाब्धि भी गया हार
हे पुरुष केशरी नमस्कार
करता युग तुमको बार-बार
वन्दन है।

जड़ता-गज-मस्तक पर प्रहार
कर, सिंहनाद-सा स्वर उचार
वह नयी चेतना, नव प्रसार
कविता जब पहुँची दीन-द्वार
श्लथ भिक्षुक की बेबस पुकार
क्रन्दन है।

उद्भट ज्ञानी थे तुम भगवद्गीता के
देखे कैसे रामाभ नयन सीता के
झेले थे तुमने विरह स्वपरिणीता के
संतप्त-शोक निज-कन्या सुपुनीता के
कवि अश्रु तुम्हारा, अश्रु नहीं
अंजन है।

हे सरस्वती के पुत्र, स्वयं चतुरानन
ने गढ़ा तुम्हें देकर गर्वीला आनन
लेखनी-विराजे आकर स्वयं गजानन
वपु जैसे कवि का रूप धरे पंचानन
बिखरी कविता-कौमुदी-कीर्ति जिस कानन
नन्दन है।

हे हिन्दी के रुद्रावतार
वन्दन है।

बाँधो न नाव इस ठाँव बन्धु

(निराला जी को समर्पित)

था यहाँ बहुत एकान्त बन्धु
नीरव रजनी-सा शान्त बन्धु
दुःख की बदली-सा क्लान्त बन्धु
नौका-विहार दिग्भ्रान्त बन्धु

तुम ले आये जलती मशाल
ऊर्जस्वित स्वर देदीप्य भाल
हे कविता के भूधर विशाल
गर्जित था तुममें महाकाल

भाषा को दे नव-संस्कार
वर्जित-वंचित को दे प्रसार
कविता-नवीन का समाहार
करने में जीवन दिया वार

विस्मित है जग लख महाप्राण!
अप्रतिहत प्रतिभा के प्रमाण
नर-पुंगव तुमने सहे बाण
निष्कवच और बिन सिरस्त्राण

अब श्रेय लूटने को अनेक
दादुर मण्डलियाँ रहीं टेक
कैसा था साहित्यिक विवेक
छिटके थे करके एक-एक

झेले थे कितने दाँव बन्धु
दृढ़ रहे तुम्हारे पाँव बन्धु
है यह मुर्दों का गाँव बन्धु
बाँधो न नाव इस ठाँव बन्धु

नवा साल कि रहइ पुराना (अवधी)

नवा साल कि रहइ पुराना
बाबू हमका का।

हम तउ खोजी रोज़ मजूरी
एनसे-ओनसे करी चेरौरी
मोल-भाउ तक कै मजबूरी
पायी आधी कभउँ कि पूरी
कइसउ मिलइ पेट भर दाना
बाबू हमका का।

जउन जुटा सब मिलि के खावा
फिर सोवइ के जुगुत बनावा
भिनसारे उठि के पुनि धावा
एहमा नवा साल कब आवा
बरहौं महिना एक समाना
बाबू हमका का।

हमका तउ त्योहारउ गारी
भले दसहरा अउर देवारी
बचा रहइ लोटा अउ थारी
मड़ई में न धरइ चिनगारी
लछिमी कै उल्लू बा काना
बाबू हमका का।

मैंने देखा

मैंने देखा,
मैंने देखा
जीर्ण श्वान-तनया के तन से
लिपट रहे कुछ मोटे झबरीले पिल्लों को
रक्त चूसते से थे जैसे शुष्क वक्ष से
मुझे याद आयी धरती की।

मैंने देखा,
मैंने देखा
क्षीणकाय तरुणी, वृद्धा-सी
लुंचित केश, वसन मटमैले, निर्वसना-सी
घुटनों को बाँहों में कसकर देह सकेले
मुझे याद आयी गंगा की।

मैंने देखा,
मैंने देखा
बीड़ी से चिपके बचपन को
कन्धे पर बोरा लटकाये मनुज-सुमन को
सड़ते कचरे से जो बीन रहा जीवन को
मुझे याद आयी प्रायः सूकर छौनों की।

मैंने देखा,
मैंने देखा
कमरे की दीवाल-घड़ी का सुस्त पेण्डुलम
धक्कों से ठेलता समय को धीरे-धीरे
टन-टन की ध्वनि भी आती ज्यों दूर क्षितिज से
मुझे याद आयी दादी की।

मैंने देखा,
मैंने देखा
गया न देखा फिर कुछ मुझसे
दिनकर के वंशज समस्त ले रहे वज़ीफे
अँधियारों से
मंचों पर सन्नाटा फैला, आती है आवाज़ सिर्फ़ अब,
गलियारों से
आँखें करके बन्द सोचता हूँ अच्छा है
नेत्रहीन होने का सुख कितना सच्चा है
तब से आँख खोलने में भी डर लगता है
रहता है कुछ और, और मुझको दिखता है।

जी को जी भर रो लेने दो

जी को जी भर रो लेने दो
आँखों को जल बो लेने दो
किसी और को बतलाना क्या
मन थक जाये सो लेने दो

किसने समझी पीर परायी
फिर क्यों सबसे करें दुहाई
जिससे मन विचलित है इतना
है अपनी ही पूर्व कमायी

छिछले पात्र रीतते-भरते
क्षण-क्षण नये रसों में बहते
तृष्णा की इस क्रीड़ा को हम
शोक-हर्ष से देखा करते

करते हैं यत्नों का लेखा
खिंचती चिंताओं की रेखा
लक्ष्य-परीक्षा में अधैर्य को
प्रायः असफल होते देखा

कैसी उलझी मनोदशा है
तम में लिपटी हुई उषा है
अनिश्चयों का दीर्घ दिवस फिर
भय-आच्छादित घोर-निशा है

सरल हृदय के लिए कठिन है
किसका मन किस भाँति मलिन है
विश्वासों पर संकट कितने
साँस-साँस जैसे साँपिन है

नहीं, किसी का दोष नहीं है
किसी मनुज पर रोष नहीं है
मन की उथल-पुथल है थोड़ी
है प्रतीति पर तोष नहीं है।

कितनी लम्बी कहूँ कहानी
बात रहेगी वही पुरानी
फिर-फिर जीवित हो जाते हैं
प्रेत-कथा से राजा-रानी

हे अलक्षित

व्याप्त हो तुम यों सृजन में
नीर जैसे ओस कन में
हे अलक्षित!

तुम्हें जीवन में, मरण में
शून्य में वातावरण में
पर्वतों में धूलकण में
विरह में देखा रमण में
मनन के एकान्त क्षण में
शोर गुम्फित आवरण में
हे अनिर्मित!

तुम कली की भंगिमा में
कोपलों की अरुणिमा में
तारकों में चन्द्रमा में
भीगती रजनी अमा में
पुण्य-सलिला अनुपमा में
ज्योत्स्ना की मधुरिमा में
हे प्रकाशित!

गूढ़ संरचना तुम्हारी
तार्किक की बुद्धि हारी
सभी उपमाएँ विचारी
नेति कहते शास्त्रधारी
बनूँ किस छवि का पुजारी
मति भ्रमित होती हमारी
हे अप्रस्तुत!

स्वयं अपना भान दे दो
दृष्टि का वरदान दे दो
रूप का रसपान दे दो
नाद स्वर का गान दे दो
और अनुपम ध्यान दे दो
मुझे शाश्वत ज्ञान दे दो
हे अयुग्मित!

9 789388 556514